Joyeuse Halloween!

Sierra Harimann

Illustrations : The Artifact Group

Texte français de Marie-Andrée Clermont

Éditions
■SCHOLASTIC

ISBN 978-1-4431-2950-3
Titre original : *Trick or Treat*

Conception graphique d'Angela Jun.

Édition publiée par les Éditions Scholastic, 604, rue King Ouest, Toronto (Ontario) M5V 1E1

5 4 3 2 1   Imprimé au Canada 119   13 14 15 16 17

La fin du mois d'octobre approche et Fuji a vraiment hâte de passer l'Halloween. Mais elle doit d'abord choisir le costume idéal.

— Sais-tu ce que tu porteras pour l'Halloween? demande Fuji à son amie Ivy.

— Bien sûr! répond-elle, je vais m'habiller en reine. Rien de moins, voyons!

— Et toi, Clarissa? demande Fuji.

— Je vais me déguiser en fée, jappe Clarissa. J'aurai des ailes scintillantes et une couronne de fleurs.

La sonnette retentit et Fuji court à la porte. C'est son amie Ora.

— Salut, Fuji, aboie Ora. Je viens vous inviter, tes amis et toi, à un bal costumé qui aura lieu au Pavillon des mascarades. J'ai conçu les invitations moi-même.

Ora remet à Fuji une belle enveloppe.

— Merci, Ora! s'exclame Fuji. Ça promet d'être amusant.

— Oh là là! dit Gigi en entrant dans la pièce. Un vrai bal costumé? Je serai une ballerine. Je porterai un tutu rose et un diadème étincelant.

— On se voit là-bas! lance Ora en les saluant.

— Ton costume de ballerine me paraît super, dit Fuji à Gigi. Mais moi, je n'ai pas encore trouvé le déguisement parfait. Et maintenant, j'en ai besoin non seulement pour passer l'Halloween, *mais aussi* pour le bal.

— Tu pourrais te déguiser en cow-girl, suggère Clarissa.

— Ça serait amusant, dit Fuji, mais je ne suis pas sûre que ce soit le bon costume pour moi.

— Habille-toi en momie, alors, propose Ivy. Ou en fantôme. Mais Fuji hoche la tête de gauche à droite.

— Ça fait trop peur! dit-elle.

Spike et Freddy entrent dans la pièce en bondissant. Ils portent tous deux un cache-œil.

— Ohé, les copains! jappe Spike. Pour l'Halloween, Freddy et moi, on sera des pirates.

— *À l'aborrrdage, mille saborrrds!* grogne Freddy d'un ton taquin.

— Fuji, tu pourrais jouer les pirates, toi aussi, suggère Gigi.

— Je ne pense pas que je serais convaincante comme pirate, dit tristement Fuji. Je ne grogne pas très bien.

— J'ai une idée! s'écrie Clarissa. Si on allait faire un tour à La foire aux costumes? Peut-être que Fuji trouverait quelque chose à porter.

— D'accord, dit Fuji. Allons-y!

— Ça va être *forrrmidable!* dit Spike avec son accent de pirate. Je trouverai peut-être un crochet pour ma patte dans cette boutique.

— Et moi, je cherche toujours un tutu, ajoute Gigi.

Les chiots essaient un grand nombre de costumes.

— Que pensez-vous de ces ailes de fée? demande Clarissa.

— Très chic! fait Gigi. C'est vraiment élégant.

— Comment trouves-tu cet uniforme de joueur de baseball? demande Gigi à Fuji.

— Je ne sais pas trop, répond Fuji. Il est amusant, mais je n'ai pas l'impression que c'est le costume qu'il me faut. Je cherche quelque chose d'excitant. J'adorerais porter un masque pour aller au bal.

Comme le magasin est sur le point de fermer, les chiots doivent se décider rapidement et terminer leurs achats.

— J'adore ma cape en velours, dit Ivy à ses camarades. Quel style royal!

— *Aaaargh!* gronde Spike en agitant son crochet

flambant neuf en direction de Freddy. Tu vas goûter au supplice de la planche, Capitaine!

— As-tu trouvé un déguisement à ton goût, Fuji? demande Clarissa.

Mais Fuji hoche la tête tristement.

— Ne t'en fais pas, Fuji! dit Freddy. Il reste encore quelques jours avant le bal costumé. Tu finiras par avoir une idée, j'en suis sûr.

Les chiots retournent au manoir de Puppyville.

Soudain, Fuji entend un faible gémissement.

— Chut! jappe-t-elle à ses amis. Vous avez entendu ça?

— Oui, murmure Clarissa, quelqu'un est en danger, on dirait.

Fuji lève les yeux et aperçoit un chaton minuscule coincé entre les branches d'un arbre.

— Regardez! s'écrie-t-elle. Ce chaton a besoin de notre aide.

Freddy s'étire et essaie de tendre la patte vers le chaton, mais la branche est trop haute.

— Je suis censé être un pirate féroce, mais ce crochet n'est pas d'une grande utilité, reconnaît Spike.

Fuji regarde aux alentours et, tout à coup, elle a une idée.
— Je sais quoi faire, dit-elle à ses amis. On va emprunter une échelle à la quincaillerie. On s'en servira pour faire descendre le chaton de l'arbre.

— C'est une excellente idée! dit Clarissa. Allons-y!
Ensemble, les chiots rapportent une échelle du
magasin. Ils l'appuient contre l'arbre et Fuji y grimpe pour
atteindre le chaton.

Le chaton a très peur, mais Fuji lui parle d'une voix douce.
— Ça va aller, assure-t-elle. Je suis ici pour t'aider. Tu n'as qu'à monter sur mon dos et je vais te faire descendre.

Lorsque Fuji arrive au bas de l'échelle, les autres chiots l'acclament chaleureusement.

— Fuji, tu es une héroïne, jappe Freddy.

Fuji rougit.

Le chaton lui lèche l'oreille.

— Merci, Freddy, mais je n'ai rien d'une héroïne, dit-elle avec modestie. J'ai seulement fait ce que tu aurais fait toi-même si tu y avais pensé. En revanche, tu viens de me donner une idée fantastique pour mon costume d'Halloween. Tu veux savoir ce que c'est?

— Oui! s'exclame-t-il.

— Je serai Superfuji! annonce-t-elle joyeusement.

— C'est une idée *forrrrrmidable*! dit Spike.

— Oh oui! s'écrie Gigi. Ce sera sensationnel!

Et bientôt, le jour tant attendu arrive. Dès que le soleil commence à se coucher, vêtus de leurs déguisements, les chiots passent joyeusement l'Halloween.

Puis le soir, ils se dirigent vers le Pavillon des mascarades pour le bal costumé.

Ora accueille ses amis à la porte.

— Bienvenue au Pavillon des mascarades! dit-elle.

Dougie, le chef cuisinier, sert aux chiots les gâteries spéciales qu'il a préparées.

Ora présente tous les invités à son amie Honey.

— Salut à tous! dit Honey, qui parle avec un accent très coloré. *J'suis ben aise* de vous connaître. Vous arrivez juste à temps pour participer au défilé de costumes.

— Un défilé! s'exclame Freddy. Formidable! C'est la plus belle fête que j'aie jamais vue!

— Je suis tout à fait d'accord, jappe Fuji. Joyeuse Halloween, tout le monde!